被忘录

忘川山人 著

北京联合出版公司
Beijing United Publishing Co.,Ltd.

序言

一颗石头,

或者说,

是一颗在路边躺着的再普通不过的石头。

倘若你愿意的话,

便可以轻易将它捡起,

观察它的纹路,

感受它的质地,

那一刻它便不再是一颗普通的石头。

艺术家信手勾勒出它的"美"的模样,

科学家可以准确分析出它的自然成分,

手工艺者顺着它的长势雕琢成佳品。

你对一颗"石头"的兴致,

决定了它带给你的体验。

事物的存在都本无意义,

淌走的时间也单调徝复,

现代人的生活,

稍不留神,

就容易在循环中失了这样的兴致,

稍一留心，

也总可以在稀松的日常里，

嚼到些丰富的滋味——

公交车上抱着一大束花的老人，

仿佛一片沙漠里的绿洲，

路边驻唱的年轻人，

眼里闪着憧憬的光，

河边夜钓的人，

黑暗里有整晚陪伴的月亮，

……

我时常被这些人事物萦绕，

他们也反哺我酸甜苦辣的人生果实，

让我得以在忙碌之余，

有了记录下这些片刻的动机，

成了这本私人的备忘日记。

没有什么大道理，

只有些思绪的小分享，

祝大家阅读愉快。

——忘川山人

目录

久在樊笼里，不知礼拜几　　　　　　　　001

他人咋说都行，不必对牛弹琴　　　　　　017

种瓜急着得瓜，一生走马观花　　　　　　034

烦恼总是会来呀，先去河边喂喂鸭　　　　051

人在江湖游，浮浮又沉沉　　　　　　　　064

倾听总比陈述难，聒噪深处觅清凉　　　　080

韶华春光匆匆去，留了朵花要给娘　　　　095

忽梦形只影单，独酌一勺月光　　　　　　109

偶尔节制思考，以防显得苍老　　　　　　126

总有麻烦来周旋，心中留片桃花源　　　　143

花边新闻多致郁，哪凉快哪待着去　　　　156

小小蝌蚪都可爱，管它青蛙或蛤蟆　　　　172

闭门造花花已落，笔墨迟到总做作　　　　188

一场秋雨一场凉，欢喜忧愁，尽付笑谈　　200

未到看山仍是山，先来道一声晚安　　　　214

心门里头种棵树，夏日偷闲风常住　　　　226

久在樊笼里,不知礼拜几

备注

"做个有趣的人"
备注改成了这样
感受到一阵无趣

热闹

觉得寂寞
喝了杯酸奶
靠近了一个亿的乳酸菌

白噪音

离开的人
大概蜷在我的耳蜗
思念是让人眩晕的
白噪音

实用主义

你板起一张脸
可以用它煎个蛋
或者摊个饼

负荷

这副肉身

什么重创都可以承受

除了你说的重话

副作用

爱是克制
有人克制了一生
什么也没爱到

操心

世界还不和平

海洋还有垃圾

一堆脏衣服还没洗

活开

再活开一点
看看会开出些
什么玩意儿

设定

比起仙人
更想当一个
仙人掌

清明

有朋友顺口
祝了节日快乐
又慌忙收回了

困难

坐下来
什么都不想
成了一件困难的事

麻烦

自从学会了

不随便给人添麻烦

朋友也少了

小偷

观察家中的地砖
发现了山水的轮廓
连忙画了张草图

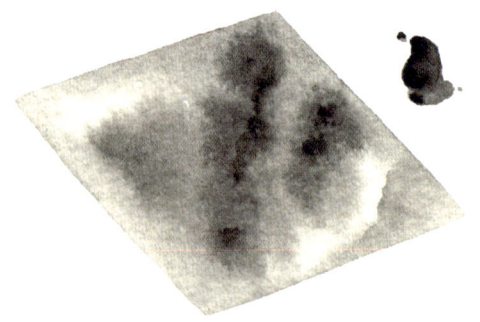

月夜

偷偷埋了许多伤心事
又在有月光的夜晚
做了盗墓贼

他人咋说都行,不必对牛弹琴

自洽

鸭子不必上架
铁也不必成钢
我也不用起床

反省

今天有比昨天
进步一点吗
没的

分寸

没忍住大笑

鼻子一酸

流出了泪

兜里

兜里的糖果

逗人开心

兜里的仙人掌

提醒自己

榜样

废墟生小花
瓦间有青苔
自然多争取

夸父

还未阅读
就开始理解
孜孜不倦
徒劳无功

体谅

"别走多了捷径。"
"为啥?"
"太舒服了会遭人恨。"

白过

晒多了日头
　我这半生
　　没有白过

福气

吃亏是福
你瘦
多吃点

语境

无人识时
他们说：你别害羞
有人识时
他们说：你有包袱

提示

走过路过

要是不喜欢

请您礼貌错过

谦虚

麦子熟了
　弯着腰
　低着头

量力

我太瘦了
就算打肿脸
也充不了胖子

证明

饭桌上
朋友的孩子说我是和尚
当场吃了块肥肉

劝

婚姻不幸福的人
又来劝我
早点成家了

缺

这个时代
不缺笑话
缺真话

种瓜急着得瓜,一生走马观花

种子

抱着要收获些什么的心情
种下去的那些种子
给了它们压力

光源

小小飞蛾
贪念世间烟火
努力燃烧过

泼猴

把上下五千年
压我身上
我是画不动的

盆景

大漠孤烟

小桥流水

终我们一生

完成一个主题盆景

标签

漂亮的水果

有个漂亮的标签

盖住一块不太漂亮的疤

手艺

别无他法
用枯燥的重复
才能换来一纸丰富

市场

人生尽头
想像这些猪肉
被打上一个"合格"

石头

固执啊
再通透
也是一颗顽石

修仙

吸食露水
会营养不良
还要配一点土

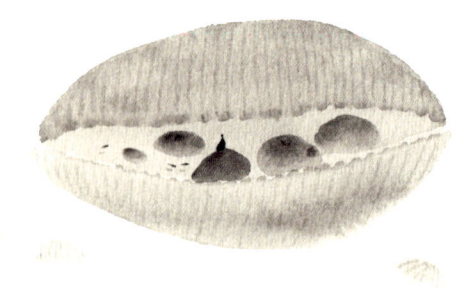

软肋

惧怕冲突
成了一个
亲切的人

虚实

什么都要

像幅写实的画

充实而无味

审视

又油又薄
这刚出锅的饼啊

享受

摧毁总是轻易而愉悦
方才显示了建造的难
请享受建造的痛苦吧

牙关

压力大了
感受到牙关的存在
这关真难啊

烦恼总是会来呀，先去河边喂喂鸭

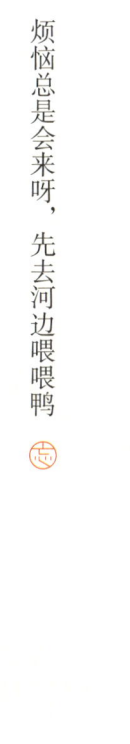

增肥

夏天
被蚊子咬了一口
胖了一斤

夜市

噼里啪啦

噼里啪啦

雨婆婆又在窗外

炸糖油粑粑

花容

今天还是
用笑脸迎接我的
是门口的月季呀

窗外

坑坑洼洼的月亮
今晚也在
努力发光呀

斗地主

"自由你们要吗"
"要不起"
"炸"

辟谣

去他喵的珍惜孤独
它在人的一生中
明明库存充足

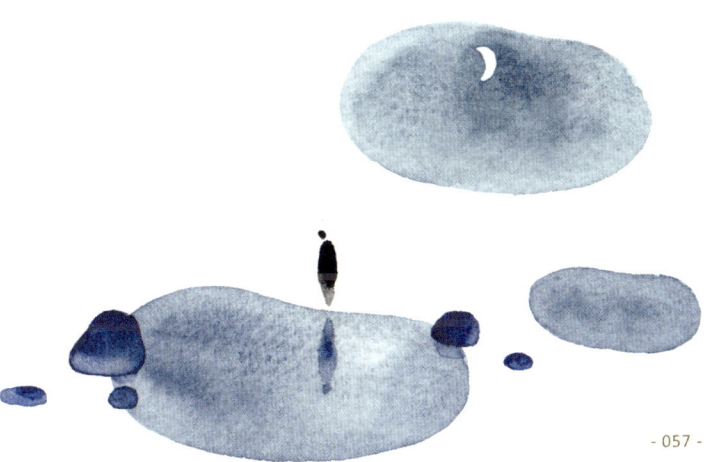

选择

喷香水的人也放屁

闻香

别闻屁

镜子

不再取笑吵闹

即使悲欢并不相通

至少让人们相互照见

面子

在淋浴间滑倒了
想着要是就这样死掉了
一定要用最后一口气
穿上内裤

乡愁

马铃薯回到家乡
最讨厌听到的话是——
"你真是一点也没变啊,土豆。"

自由

我们一边渴望自由
一边摘了些花
养了些鱼
认识了很多的人

低血糖

蹲下系鞋带

起身得到了

一片星空

人在江湖游，浮浮又沉沉

爬山

上坡要尽力
下坡要尽兴

推论

盲目自信
比清醒的自卑
好一些

单口

交谈是相互的
时下更多的
却是单口相声

碗

打扮成一个碗

像大多数人那样

出了门

炎凉

偶遇许久未见的朋友
远远地打了招呼
被当作了路人

抬杠

困难像弹簧
你弱它就强
你强它更强

网路

人和人

擦肩而过

稍微用点劲

都要打起架来

套环

也是想着
可以套到些什么
你看似轻松地孤注一掷

修理工

任何一种庇佑

都来之不易

一场台风后

你学会了修缮屋顶

加减

该做加法的年纪
着急做了减法
真是懦弱啊

分裂

人的分裂
比起体内的细胞
不值一提

尺子

对很多事

一笑了之

暂时还做不到

散步

走在人群之中
突然跟他们一起
加快了脚步

轮回

谢谢惠顾

祝君好运

再来一次

倾听总比陈述难,聒噪深处觅清凉

叮嘱

别信时间
它除了教会你遗忘
没有什么其他出息

愿望

今天
一个肤浅的人说
其实他想做个肤浅的人

墙

高高的心墙那么多
有企图的小偷
没有几个

配套

岁月静好是暂时的
　　吟完了诗
生活还得跟我作对

然

珍惜偶然
正视必然
别想当然

相对

牢笼始终在那

走出去吧

至少让它宽敞一点

开关

"还有什么是——
比开心更重要的呢?"
"关心。"

失调

脾气大过了能力
像语速超过了嘴速
容易咬到舌头

习惯

心里有块石头
没有落下来
已经习惯了
紧张地看着

相形

马路中间
看见飞舞的垃圾
迟疑要不要上前
友人已经冲了过去

沉默

因为嘴巴总是
快心一步
我总是沉默

恶意

这个社会最大的恶意是
他们一再伸出手指到兔子嘴边
试探它们是否咬人

韶华春光匆匆去,留了朵花要给娘

白日梦

母亲做了一桌的菜
正要吃呀
头撞到了床头柜

传家

祖奶奶的嘴唇中间
　　有颗透明肉球
　她说那是长寿珠
等她走了便传给我

懂事

帮祖奶奶洗裹脚布
被回到家的母亲看见
骂了我娘娘腔

祖训

吃年夜饭
像玩木头人似的
不许说一句话

感恩

从学校带回奖状
被叫到供桌前
感谢神灵保佑

药

发了高烧

被送到里屋

喝了一大杯符水

叛逆

上了科学课
放学回家呵斥她
"你这是搞迷信!"

秘境

里屋有一个
大黄花梨柜子
玩捉迷藏时
我躲在里面
闹着离家出走
我也躲在里面

告别

祖奶奶说她时日不多
小声唤我到跟前
塞给了我一瓶黄桃罐头
和几元钱

小心火烛

祖屋失火
母亲心疼她的家当
我心疼我的小人书
和藏了多年的黄桃罐头

遗物

想起母亲告诉我
要干净地活着
起身去洗了手

出家

离开家乡的人

　　就算出家了

忽梦形只影单,独酌一勺月光

侘寂

夜里醒来
看见桌边的旧水杯
盛了一粒月亮

两难

醒了

与新知纠缠

睡了

被旧梦惊扰

和解

不必修补

和屋墙的裂缝相处

像和自己待着那样

冬被

不必担心
落叶历经飘零
将有大雪厚待

起伏

夜里一阵门铃

抱着也许是你来了的心情

迎接了一位按错门铃的外卖师傅

出窍

共情
是把自己的一部分
交给了他人

稻草

低谷里
烧个篝火
耐心度过

测试

什么也不做

静坐一会儿

测试我们的友谊

梦游

读初中时
夜里去了楼下寝室
做自我介绍

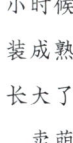

时宜

小时候
装成熟
长大了
卖萌

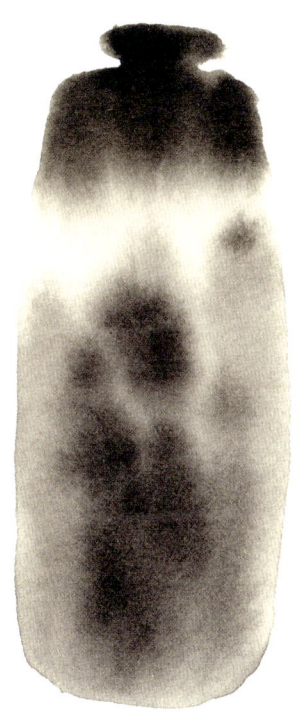

慰藉

以前走错一步会说

"没事,我还年轻。"

现在走错一步会说

"没事,我已经老了。"

学习

月亮的圆缺
也就这么几种
每晚要换着花样升起
人生也是这样

过头

想着要好好放松一下
出了门
又是紧张的一天

医院

看望病重的亲戚

他的脸色

比我好一些

夜盲

在夜里
适应了黑暗
突然的一束亮光
竟也变得扫兴

快乐

在巨大的幸福里恐慌
在巨大的恐慌里窃喜
我的快乐比别人的快乐
懦弱一点

偶尔节制思考，以防显得苍老

标准

用"热锅上的蚂蚁"
描绘一个身陷囹圄的自己
又用同样的方式
蒸了螃蟹

面团

多数人都脸大

丢掉一点

没事的

笔记

记得他人的好
记得自己的好
多做加分的事

前提

从矫情到想办法

你只需要

崖边的一瞥

回声

念念不忘
头昏脑涨

偏旁

终于知道
"颓"字为什么有一旁
是"秃"了

问题

生存

还是毁灭

我先去搬砖了

经过

收敛时
他们让我放开
放开了
他们便走开了

佛系

不想争
其实也
争不过

自然

作为一个自然人
还是花了很长时间
思考怎样会自然一点

期望

穿了新裤子
一上午了
还没有人发现

过年

跟伯母推搡了两分钟
　　不好意思告诉她
　　　红包里只有两百

惯性

人生很难
进退之间
尬起了舞

许愿

三十岁的愿望

心态松弛

皮肤紧绷

总有麻烦来周旋,心中留片桃花源

悲喜

乌云来了

愁坏了忧郁的人

乐坏了地里的庄稼

岛

待在孤岛上的人
不知道海鸥看到了
它是群岛的一部分

日常

一夜好眠
慢慢吃饭
感受呼吸
普通的事情
一直都珍贵

例行

每天
把自己推倒
又扶起来

水库

干涸

丰盈

溃堤

无人知晓

淌过人间

索求

下次来
不带礼物的话
请给个拥抱吧

回顾

因为熟练

生出了油腻

开始回顾笨拙的时期

背景

碰到戾气很重的人
觉得他应该
很久没有好好吃饭了

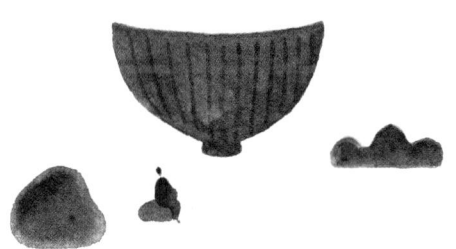

取舍

用一些
不自由的劳作
换来一些
自由的创作

药方

尝试一下

给人带来光和力量

这会让你快乐

工地

前半生
大概都会是个
埋头打地基的人

伪装

尽量冷漠
把焐暖的热情
花在重要的人身上

花边新闻多致郁,哪凉快哪待着去

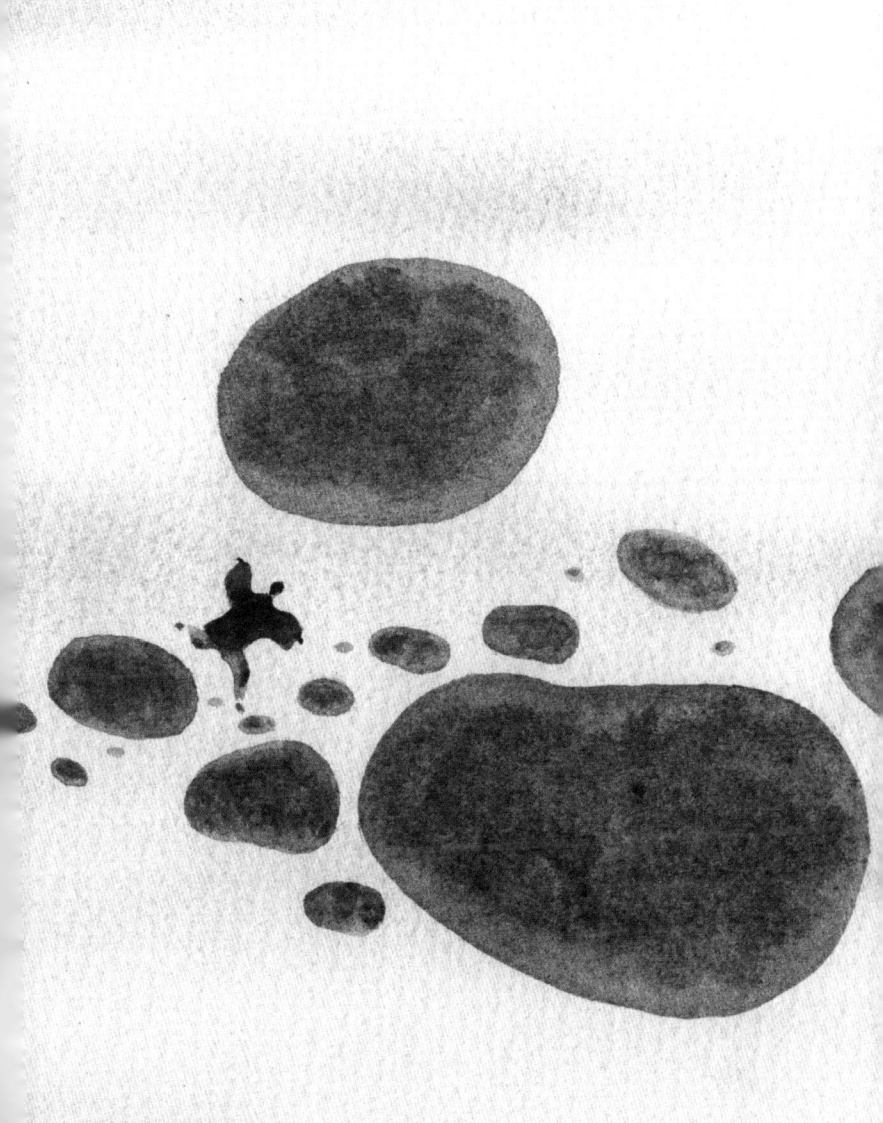

预判

对着一颗
会陨落的星星
许了愿

同类

不思考的时候
　　我的脑袋
和我一样寂寞

格局

是鸽子飞过
是和平与爱
是厨房食谱

棋局

你思虑起来
眉头紧锁
可以夹住一颗棋

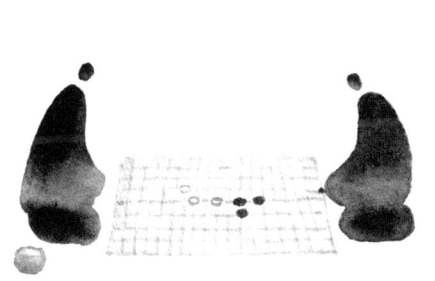

成见

尝过海水

便用"咸"

概括了汪洋

风筝

命悬一线
抓紧时间
看看风景

换位

都在前进
做个屎壳郎
别做屎

气球

有些朋友

再见到的时候

已经比通货还要膨胀

人话

"正所谓己所不欲,勿施于人……"
"说人话。"
"管好你自己。"

提醒

夏天到了
保持清洁
尽量不要发臭

打搅

水被鸡蛋打成了汤

鸡蛋说:

"你看,我这都是为了你好。"

嫌吵

不想做饭
因为厨房的吸油烟机
话太多了

意外

拿来自嘲的话
被人用来
嘲笑了自己

路程

尘埃

在落定以前

总在光柱里分外闹腾

小小蝌蚪都可爱,管它青蛙或蛤蟆

刺客

蚊子泊在脸颊
想借我的手
让我清醒一下

存在

并不总是要发光
才知晓你的存在啊
躲在云后的月亮

蓄电

我大概是株人形植物
可以从天气预报里
获得能量的那种

代言

嘿!
高压锅
又在生闷气

晚秋

秋风推搡
劝架的云
来了又散

鼓励

出门没有带伞
想让春雨
拍拍肩膀

脾气

脾气来的时候
鼓成了一只河豚
逗笑了朋友

河豚

尖锐的话语
像河豚一样
有毒但鲜美

风与花

风只是经过
花一心追随

摆件

需要一个 3 米高的瓶子

这样就没那么容易

碰到瓶颈了

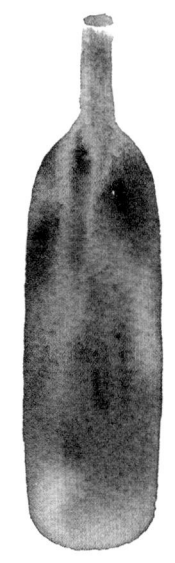

闹钟

设了几个闹钟
像养了孩子似的
应对突然的哭闹

对峙

对着镜子

说了句——

"我不会放过你的。"

适应

在找到平衡之前
不小心适应了
生活的折腾

转念

我凝视深渊

深渊给了我一棵

崖边的青柏

闭门造花花已落,笔墨迟到总做作

羞怯

做个美梦

都开始羞于谈论

到了偷着乐的年纪

颜料

怎么都拧不开盖子了
　很久没用的颜料
　　都比我有脾气

产品

上市

不如上心

住户

住在我脑子里

那么久了

你往后还要续租吗

药效

翻箱倒柜

找曾用来安慰你们的话

也希望对自己应验

预支

总是担心哪
还未发生的事
同样是一种贪心

锻炼

每天

靠看新闻

提高耐受力

考场

三十岁
生活这张考卷
还没到写作文的时候

备忘录

写这些

干什么呢

像一只狗

路过电线杆

不能

觉得能画点什么
　　提起了笔
　　又放下了

一场秋雨一场凉,欢喜忧愁,尽付笑谈

雨伞

我曾遇见

良善与温柔

当下的不堪

不值一提了

致哀

致：生、老、病、死
　　除此之外
致一切非自然的惨剧

喜宴

调皮的小孩
带来闹哄哄的拥簇
又带来发完糖果后的冷清

创可贴

我们发明后悔
用来增加
失去的珍贵

转移

大自然没有坏天气
人却总是有怪脾气
只好怪怪这坏天气

洁癖

一直在整理房间
没有整理自己
回头一看
我可真脏

横幅

谁文艺
谁骂人
谁斯文
谁扫地

影响

街上的小卡片
多了起来
经济确实不景气

祝福

把朋友送来的花
做成了干花
祝友谊长存

坚持

一个事情

需要用到"坚持"

已经失了乐趣

局限

在狭窄的房间
生起一团火
迅速获得暖意

悲壮

一个吟游诗人
为了捍卫立场
决定大吵一架

未到看山仍是山,先来道一声晚安

时代

远看山有色
近听水无声
春去花还在
人来了觉得
这就是一幅
老气的画

夜雨

这雨啊
兴匆匆地叫醒我
探探窗外
它又没什么好说的了

紧张

"你好。"

"你好。"

"还是你比较好。"

害羞

脸颊
像铁树一样
很久没开花

美

距离产生美

那个美

是误解

具体

群体是虚幻的
　　　请去爱
一个具体的人

桥

给你画一座桥吧
碰到难过的时候
会好过些

素材

我画我心中的山水
一点也不想做
大自然的搬运工

自愈

多画了很多小画
逗别人开心
顺便自己也开心了点

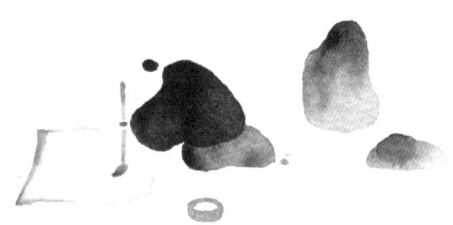

长夜

瞌睡虫没来
起来抖了抖
　心头的灰

心门里头种棵树，夏日偷闲风常住

嘘

嘘——
春暖花开时
不说风凉话

春雨

像今晨这样的春雷和雨
莽撞着敲门打搅的朋友
已经很久不见了

春寒

一些人早退
樱花却按时地开了
这花是理性派

初夏

风把树梢都吹乱

而我还在梳理

你给的晴天和一些月亮

皮囊

多晒太阳
皮肤黑了
不会显得肤浅

走神

聊天中
用对方的眼睛
照了照镜子

深秋

要秋天了啊
羡慕这落叶
还有大地接着

缘分

认错了人
远远地招了手
那人也招了招

冬眠

冬日的被窝
又焐热了乡愁
若梦到老家
请不要把我唤醒

居所

年轻的人
别去寺庙
你的居所
便是你的寺庙

无涯

别羞怯
因这余生
皆是启蒙

后记

此刻,夜幕低垂,夕阳把最后一点红晕,大方地送给了路上归家的人们。

平常入夜后,我便会在案前开始画些小创作,内容多半是自己一直钟情的四时变化和静物,简单、纯粹。

或许是它们让我觉得安宁,也或许是它们让我认识到自己的有限。

一张画纸便是一片天地,它是我的,也属于画中那个小小的墨人。笔墨纸间,我同他一起,春天听瀑,夏日扑萤,秋来赏枫,冬至烤火,有看不够的风景和做不完的趣事,仿佛这就是我的理想生活。

诚然,现实中并非只有理想的一面,困顿、孤独、厌倦也时常袭来。但好在,借着这些小画儿和小话儿,安放了自己一颗敏感和自省的心。白日里体验的日常琐碎,在夜晚渐渐浮出水面,成为这些备忘录,不觉已许多个时日过去,便集成了这小小一册,它提醒着我快要被遗忘的那些小日子、小情绪和小幸福。感谢编辑忧菌和其他为本书的顺利出版提供帮助的友人们。

时间流淌,不愿被忘,以此备忘。当大家再读这些文字,再次以创造的目光,重拾它时,期待它亦能成为你的"备忘录"。

——忘川山人

图书在版编目（CIP）数据

被忘录 / 忘川山人著. -- 北京：北京联合出版公司, 2022.1（2023.1重印）

ISBN 978-7-5596-5742-8

Ⅰ.①被… Ⅱ.①忘… Ⅲ.①随笔—作品集—中国—当代 Ⅳ.①I267.1

中国版本图书馆CIP数据核字(2021)第235188号

Copyright © 2022 Ginkgo (Beijing) Book Co., Ltd.
All rights reserved.
本书版权归属于银杏树下（北京）图书有限责任公司。

被忘录

著　　者：忘川山人
出 品 人：赵红仕
选题策划：后浪出版公司
出版统筹：吴兴元
产品经理：忱　菌
责任编辑：龚　将
营销推广：ONEBOOK
装帧制造：墨白空间·陈威伸

北京联合出版公司出版
（北京市西城区德外大街83号楼9层　100088）
天津图文方嘉印刷有限公司　新华书店经销
字数91千字　787毫米×1092毫米　1/32　7.75印张
2022年1月第1版　2023年1月第4次印刷
ISBN 978-7-5596-5742-8
定价：68.00元

后浪出版咨询(北京)有限责任公司　版权所有，侵权必究
投诉信箱：copyright@hinabook.com　　fawu@hinabook.com
未经许可，不得以任何方式复制或者抄袭本书部分或全部内容
本书若有印、装质量问题，请与本公司联系调换，电话010-64072833